Smita Rumpler

Eine Frage der Gerechtigkeit

Smita Rumpler

Eine Frage der Gerechtigkeit

Roman

Bibliografische Information der Deutschen Nationalbibliothek: Die Deutsche Nationalbibliothek verzeichnet diese Publikation in der Deutschen Nationalbibliografie; detaillierte bibliografische Daten sind im Internet über http://dnb.dnb.de abrufbar.

Verlag: BoD · Books on Demand GmbH, Überseering 33, 22297 Hamburg, bod@bod.de

Druck: Libri Plureos GmbH, Friedensallee 273, 22763 Hamburg

ISBN: 978-3-7693-5647-2

Inhaltsverzeichnis

Dieses Buch erhebt keinen Anspruch auf eine korrekte oder realistische Darstellung psychischer Erkrankungen. De facto werden hier keinerlei Krankheiten akkurat abgebildet.

Zudem sollen weder Stereotype noch Stigmata verstärkt werden. Vielmehr möchte ich dazu einladen, sich mit einer gewissen Offenheit über psychische Erkrankungen zu informieren – um eigene Vorurteile zu hinterfragen und abzulegen.

Stigmatisierung ist eine der vielen großen Herausforderungen, die Betroffene zu bewältigen haben. Umso wichtiger, dass wir diese minimieren, wo wir können.

Magnus stand auf der Straße. Wie besessen starrte er an die Wand. Die nächtlichen Laternen tauchten das gesamte Viertel in ein dunkles Orange und erlaubten ihm, sein Kunstwerk an dem unbeobachteten Stück Hausmauer zu betrachten. Durch die großgeschriebene rassistische Bemerkung, die nun in bunten auffälligen Buchstaben an besagter Straßenecke thronte, fühlte er sich mächtig. Er fühlte Stärke, Macht und Rechtschaffenheit. Die Bemerkung, die sämtliche ihm unbekannte Individuen unabhängig von ihrer Geschichte, ihren Beweggründen und ihren Träumen auf unhöflichste Weise dazu aufforderte, das Land zu verlassen, erfüllte ihn mit unglaublichem Stolz. Er hatte etwas beigetragen. Er war einer der Originalen, gehörte hierher, genauso wie seine Eltern, seine Großeltern und auch deren Großeltern - so nahm er jedenfalls an. Es war nicht nur sein Geburtsrecht, die Leute, die nicht hierhergehörten vom Platz zu verweisen, es war vielmehr eine heilige Pflicht. Es ging um das große Ganze. Wenn die Regierung bereits von derartigen Leuten unterwandert war und sämtliche Mitglieder der Meinung waren, den Fremden stünde das gleiche zu wie ihm, dann konnte man sich ausrechnen, wie viel die Staatsmacht unternehmen würde, um für Ordnung und Rassentrennung zu sorgen.

Während Magnus so an der Straßenecke stand, aufrecht und fünf Zentimeter größer durch den Stolz, der immer noch seinen Körper durchströmte, wusste er nicht, dass er beobachtet wurde. Ihm war nicht klar, dass sein süffisantes Grinsen, sein selbstgerechtes Nicken und seine stolze Superman-Pose akribisch gemustert wurden. Dass seine große Heldentat von Anfang bis Ende mitverfolgt und aus der Dunkelheit mit purer Verachtung gestraft wurde.

Eine Straßenecke weiter, in Deckung vor dem orangenen Laternenlicht stand Dorian. Er kauerte an der Wand, um weitgehend von der Dunkelheit verschluckt zu werden. Wie ein Raubtier fixierte er Magnus mit seinem Blick, lechzend nach einem Angriff. Ihn interessierte es nicht zu jagen oder sich zu bereichern, doch es war nicht zu leugnen, dass Dorian in diesem Moment nach Blut gierte.

Dorian sammelte all seine Selbstbeherrschung und steckte das Messer weg, das er in der Hand hatte. Er würde sich diesen verabscheuungswürdigen Menschen am liebsten sofort vornehmen. Er hatte zugesehen, wie der junge Mann an diese völlig neutrale, unpersönliche Straßenecke spaziert kam und sie in einen Ort des Hasses, der Diskriminierung, der Unterdrückung und der Spaltung verwandelt hatte. Und nun stand er auch noch davor, grinsend und sich für einen Weltverbesserer haltend.

Dorian atmete tief durch und versuchte verzweifelt, seinen Hass abzuatmen. Doch sein Anflug von Selbstbeherrschung sollte nicht Magnus zugutekommen, sondern lediglich dafür sorgen, dass der ausgiebigen und wohlüberlegten Strafe, die Magnus erwartete, nichts im Wege stand.

2. Wie man sich bettet, so liegt man

Vor vielen Jahren erreichte das trostlose Leben von Magnus' Vater am Tag seiner Kündigung neue Dimensionen von Frustration, Trostlosigkeit, Gewalt, Alkoholismus, Xenophobie und Rassismus. Magnus war gerade in der Schule, als sein Vater den Brief auf der Kücheninsel fand. Nach einem Blick auf Absender und Logo, riss der gelernte Fernmeldemonteur ungeduldig den Umschlag auf. Als die Worte „fristlose Kündigung" ihn erst anstarrten, dann hämisch angrinsten und schließlich hysterisch auslachten, sank er auf den abgewetzten Küchenstuhl und starrte ungläubig auf das Papier. Die Gründe für dieses härteste Urteil, das ein Arbeitgeber sprechen konnte, waren klar formuliert: wiederholter Alkoholmissbrauch am Arbeitsplatz, unentschuldigtes Fehlen, untragbares Verhalten am Arbeitsplatz, Fehlverhalten durch Restalkohol während der Arbeit. Die Firma hatte lange versucht, das mitzutragen. Es hatte Gespräche und Therapiepläne gegeben, Unterstützung wurde angeboten und viele Augen wurden zugedrückt, doch ab einem gewissen Punkt war ein Arbeitsplatz für ihn nicht mehr zu rechtfertigen. Doch für Magnus' Vater war das nur eine Seite der Medaille - und zwar die falsche.

In der Arbeit wurde bereits ein Nachfolger benannt. Es handelte sich um einen jungen Mann mit arabischem Namen. Magnus' Vater hatte keine Ahnung, woher sein ehemaliger Kollege wirklich stammte, oder wie seine Familienkonstellation aussah. Dieses Wissen war auch nicht von Relevanz, denn sein Name allein bestimmte das Urteil, das Magnus' Vater längst über ihn gefällt hatte. Er war faul, schmarotzerisch, scheinheilig, fehl am Platz und nur hier, um ihm den Arbeitsplatz wegzunehmen. Dem Brief in seinen Händen nach zu urteilen, hatte er letzteres nun auch erreicht. Dass Omars Fähigkeiten die seine um Welten übertrafen und damit auch die Erwartungen seiner Vorgesetzten, spielte hierbei keine Rolle. Auch nicht, dass er stets zuverlässig war, bei allen beliebt und immer die extra Meile ging, damit im Betrieb und auf Montage alles gut ging. Magnus' Vater war für die Firma längst eine Bürde und dass diese Kündigung nicht bereits vor einem Jahr ihren Weg in seine Küche gefunden hatte, verdankte er der Gutmütigkeit seiner Vorgesetzten, sowie auch Omars Hilfsbereitschaft. Doch all das spielte keine Rolle. In den Augen von Magnus' Vater gehörte Omar nicht „hierher", hatte die Anstellung im Betrieb nur aufgrund der „Gutmenschen-Quotenpolitik" und hatte nun sein Ziel erreicht, ihm seine wohlverdiente Anstellung weg zu nehmen. Eine der Ängste, der „bösen Ausgänge dieser Politik", der „Konsequenzen, die die Willkommenskultur haben würde" war somit eingetreten und er war ihr erstes Opfer. Doch bestimmt nicht ihr letztes. So lange hatte er seine Befürchtungen und Prophezeiungen mit aller Welt geteilt – wollte sie nun jemand hören oder nicht. Doch niemand hatte ihn ernst genommen. Jetzt lag der Beweis schwarz auf weiß vor ihm. Sein bereits davor tiefgreifender inter- und externalisierter Rassismus war nun ein willkommenes Werkzeug, um jeglicher Eigenverantwortung zu entkommen.

3. The Man Who Sold the World

„Wie konnten sie ihm mehr glauben als mir?" Dorian konnte es nicht fassen. Jakob, ein Mann der seine Frau vor den Augen ihrer beiden Kinder mit einem Messer angegriffen und auf die Intensivstation gebracht hatte. Er sagte, Dorian hätte ihn ohne Grund angegriffen. Dabei war Jakob derjenige, der bewaffnet war. Er hatte ein Messer dabei. Ganz sicher. Hundertprozentig. Und da hatte Dorian ihn erkannt – den Mann, der ihn schon seit Jahren verfolgte, der früher schon an sämtlichen Ecken gelauert hatte und ebendieses Messer dabeihatte. Schon bei seiner Aufnahme auf Station P1B hätte Dorian ihn erkennen und enttarnen müssen.

Seine Kollegen und Kolleginnen glaubten ihm nicht. Sie stuften Jakobs Schilderungen als „glaubhaft" ein, während seine eigenen „inkohärent" seien. Außerdem wurde im gesamten Patientenzimmer kein Messer gefunden, genauso wenig bei Jakobs persönlichen Sachen. Zugegeben - wie er es so schnell hatte verschwinden lassen können, verstand Dorian tatsächlich nicht. Doch seine Raffinesse machte ihn umso gefährlicher.

Im Patientenzimmer, wo sich der Vorfall ereignet hatte, gab es eine tonlose Kamera, die alles aufgezeichnet hatte. Leider standen sie in der Ecke des Bildes. Jakob hielt das Messer geschickt, sodass es auf den Aufnahmen nicht zu sehen war. Zu Dorian wurde nachher gesagt, seine Reaktion wäre

„ungehalten", „unverhältnismäßig" und „bedrohlich" gewesen. Unverhältnismäßig? Für einen Mann, der von seinem jahrelangen Stalker aufgespürt und mit dem Tod bedroht worden war?

Für Dorian war es ein ungelöstes Rätsel, wie er Jakob erst so spät erkennen konnte. Und gerade in dieser Verfassung. Er hatte – wie in letzter Zeit so oft - eine schlaflose Nacht gehabt, seine Gedanken hatten wieder zu rasen begonnen, sobald sein Kopf den Polster berührt hatte. Meistens wachte er erschöpfter auf, als er zu Bett gegangen war. Der ständige Schlafmangel setzte ihm durchaus zu, nichtsdestotrotz war er in der Arbeit stets hochkonzentriert. Er war den Gang entlang geeilt, da die Visite länger gedauert hatte und noch einige Entlassungen vorzubereiten waren. Durch die Menge hindurch sah er Jakob und erstarrte. Er hatte ihn 25 Minuten zuvor bei der Visite angetroffen, jedoch ohne jegliche Gefühlsregung. Doch nun, auf diesem kalten weißen Gang, starrte Jakob ihn unverhohlen an. Er schaute ihm so tief in die Augen, dass Dorian eiskalt wurde und er das Gefühl hatte, all seine Gedanken und Emotionen innerhalb seines Körpers verstecken zu müssen, weil Jakob sich ihrer bemächtigen könnte. Als wäre nichts mehr von dem, was er dachte oder fühlte sein Eigen, als wäre Jakob in sein Innerstes einmarschiert um dort Stück für Stück Dorians Persönlichkeit auszuhöhlen und einzunehmen. Dieser eiskalte tiefe Blick machte ihm klar, dass Jakob aus einem bestimmten Grund hier war – seinetwegen. Die grausame Attacke auf seine arme Frau war somit nur ein Mittel zum Zweck, die vorgetäuschte Psychose das Instrument, mit dem er sich seinen Weg in die Psychiatrie gespielt hatte. An Dorians Arbeitsplatz. Bei den persönlichen und privaten Vieraugen-Gesprächen mit seinem Arzt – Dr. Dorian Wells – war es also nicht darum gegangen, sich selbst zu offenbaren, sondern Dorian zur Offenbarung zu verleiten. Wie konnte er das erst jetzt sehen? Wie konnte er so blind sein? Der Schlafmangel, die Übermüdung, das Gedankenkreisen, der Stress – diese Faktoren spielten Jakob wohl in die Karten, da sie Dorians Erkenntnisfähigkeit getrübt hatten. Doch jetzt war er endlich wieder unter den Sehenden. Jetzt würde er seine Augen offen behalten.

4. Dr. Dorian Wells

Seit Dorian seine Assistenzarztstelle auf der Psychiatrie an-
getreten war, gab er stets alles und kümmerte sich hingebungs-
voll um seine Patientinnen und Patienten. Er war kein Liebha-
ber vieler Worte, wenngleich er mit seinen gelegentlichen
Äußerungen stets ins Schwarze traf. Er genoss die Ruhe, die
nach allgemeiner Ansicht auf der Akutpsychiatrischen Station
Mangelware zu sein schien. Er sah das anders. Die meisten psy-
chisch kranken Personen, mit denen er zu tun hatte, schätzten
die Ruhe, die er mit sich brachte, ebenfalls. Manche, weil sie so
Platz und Raum bekamen, um endlich selbst gehört zu werden.
Andere, weil Dorians Ruhe keine fordernde war. Sie forderte
keine Füllung, sie forderte keine Information. Dorians Stille gab
Raum oder Ruhe – je nachdem was man gerade mehr brauchte.

Neben seiner tröstlichen Stille schätzten seine Patienten
auch seine verständnisvolle Art. Einige hatten schlimme Dinge
erlebt, bevor sie auf die Station P1B kamen. Andere hatten
schlimme Dinge getan. Dorian hatte für gewaltsame Taten keinerlei Verständnis, doch sah er immer das Leid des einzelnen
und bemühte sich, Raum für Trauer zu geben. Für ihn war es
keine Frage, wer es verdient hatte, zu trauern. Selbst bei den
schlimmsten Taten, sah er es als nötigen Schritt, als unverzicht-
bares Ventil, um überhaupt den Prozess der psychiatrischen

Behandlung starten zu können. Jeder hatte ein Leben vor der Tat, vor dem Unfall, vor der Krankheit. Ob dies ein gutes Leben gewesen war, oder auch jenes schon in Trümmern gelegen hatte, war nicht relevant. Es hatte sich was verändert, man kann die Zeit nicht zurückdrehen, nichts ungeschehen machen. Um sein altes Leben zu trauern sollte jedem gewährt werden, selbst wenn dieses bereits trostlos war und die Veränderung selbst verschuldet. Bei allen Patientinnen – so unterschiedlich ihre Anliegen auch sein mochten – sah Dorian, dass kaum jemand ohne Leidensdruck in die Psychiatrie kam. Natürlich gibt es Krankheitsbilder, die eine ungeheure Euphorie mit sich bringen, aber selbst diese führen zu Konsequenzen wie Selbstgefährdung, Selbstsabotage, Ruin oder schlichtweg Erschöpfung. Gänzlich unbekümmert und frei von jeglichem Leidensdruck, saß man ihm im Normalfall nicht in einem der weißen Zimmer des Landesklinikums gegenüber. Und genau in diesem Leidensdruck sah er das Recht eines jeden Menschen, zu klagen und gehört zu werden – wenn auch nicht immer verstanden oder bestärkt.

Viele seiner Patienten spürten in seiner Art etwas, das sie als subtile Traurigkeit wahrnahmen. In dieser waren keinerlei negative Gefühle zu finden, viel eher Komfort und Sicherheit. Er wusste um die Ungerechtigkeit und Grausamkeit des Lebens, dass es oft zu kompliziert war, als dass es nur mit Idealen und Schwarz-Weiß-Denken zu leben wäre. Dass Leute in ihren 20ern, am besten Weg sich etwas aufzubauen, plötzlich von Krankheiten wie Schizophrenie überwältigt werden und bei schlechten Umständen und mangelnder Unterstützung potenziell auf der Straße landen. Dass Menschen Krebsdiagnosen bekommen, um ihr Leben kämpfen und verlieren, während andere aus Leid und Verzweiflung ihrem Leben selbst ein Ende setzen. Das Verständnis für die Komplexität der Welt verbat Dorian, ständig mit medizinischen Begriffen, positiven

Perspektiven, Hoffnungen und Argumentationen zu hantieren. Dieses Wissen gebot ihm, die Menschen um ihr altes Leben trauern zu lassen. Sie darüber weinen zu lassen, dass alles so ist wie es ist. Selbst Hoffnung und Behandlung sollten Dir nicht die Trauer um Dein altes Leben verwehren - um alles, was Du gezwungen bist, loszulassen.

Das wenige Geld, das Magnus' Familie hatte, verschwand oft in den Taschen des Vaters, um den Alkohol fließend zu halten. Die Tatsache, dass Alkohol zuhause das höchste Gut war, spiegelte sich in Magnus' vernachlässigtem Erscheinungsbild wieder.

Die Armut selbst war ebenfalls grausam. Es war nicht nur das Fehlen von materiellen Dingen, sondern auch die ständige Erniedrigung und das Gefühl der Aussichts- und Perspektivenlosigkeit. Es fühlte sich an, als hätten nicht nur sein Vater und seine Mitschüler ihn aufgegeben, auch seine Lehrer und die ganze restliche Welt. Er sehnte sich nach Anerkennung, nach Zugehörigkeit, nach Frieden - doch alles, was er fand, war Ablehnung und Spott.

In der Schule wurde Magnus nicht nur gemieden, sondern regelrecht gejagt. Er hatte es perfektioniert mit gesenktem Blick durch die Gänge zu schleichen, so unauffällig wie nur möglich zu sein, um den Demütigungen und Beleidigungen zu entkommen. Kinder konnten grausam sein und ihnen schienen nie die Spottreden auszugehen. „Was hat Magnus denn heute wieder an? Hat Deine Mami dir das aus den aussortierten Leintüchern zusammengenäht?", „Diese Schuhe haben gar keine Sohle mehr. Spürst Du das überhaupt, oder bist Du auch die ganze Zeit betrunken, wie Dein Vater?" „Hey Magnus, ich hab' heut auf dem Schulweg einen Bettler getroffen. Ich hab' für dich nach seiner Nummer gefragt, falls Du mit ihm über Deine Zukunftsaussichten reden willst. Gern geschehen!"

Einmal sagte ein Junge aus seiner Klasse zu ihm „Kein Wunder, dass dein Vater arbeitslos ist, wenn du so ein Versager bist!" Daraufhin entgegnete ein Mädchen neben ihm „Das ist unfair, so kannst Du das nicht darstellen". Magnus' Herz raste. Noch nie hatte sich jemand für ihn eingesetzt. Er schaute sie fragend an. „Es ist natürlich umgekehrt! Kein Wunder, dass er so ein Versager ist, wenn sein Vater arbeitslos ist." Sie lachte, klopfte ihm vermeintlich freundschaftlich auf die Schulter und rannte kichernd davon. Er konnte seine Tränen nicht verbergen. Wie dumm und naiv war er, zu glauben, sie hätte ihn verteidigen wollen? Dass irgendjemand sich für ihn einsetzen würde? Warum auch? Schnell rannte auch er davon, um nicht hören zu müssen, wie sie über seine Tränen lachten.

Die Planungen von Klassenfahrten und Schulausflügen waren für die anderen Kinder eine aufregende Zeit voller Vorfreude. Magnus führten sie einmal mehr vor Augen, was ihm alles verwehrt blieb. Auch seinen Mitschülern zeigte es einmal mehr den großen Unterschied zwischen Magnus und ihnen auf. „Vielleicht kannst Du ja in der Schule aufräumen oder den Hof fegen, während wir auf Klassenfahrt sind? So würdest Du wenigstens was dazu verdienen. Dann kann sich dein Vater von dem Geld ein bisschen hochwertigeres Bier kaufen!" Magnus versuchte, solche Kommentare zu überhören, doch es gelang ihm nicht.

Die Mobbingattacken führten mitunter auch zu ernsten Situationen. Einmal wollte Magnus mit dem Zug in die Stadt fahren. Selbstverständlich tat er das allein - mit wem sollte er denn auch fahren? Auch wenn er es aufgegeben hatte, Dinge „für sich selbst" zu tun, um diese „zu genießen", wie es immer hieß, war er doch recht aufgeregt darüber, sich diesen Trip in die Stadt zu „gönnen". Er fuhr mit dem Zug und entwertete sein vergünstigtes Schülerticket. Gerade als er sich hinsetzte, bemerkte er zwei Schulkameraden. Sofort wollte er unauffällig die Flucht ergreifen, doch war es dafür schon zu spät. „Magnus in einem Zug?", rief einer der Jungs. „Du weißt schon, dass man dafür ein Ticket braucht oder?" „N-natürlich...", stammelte Magnus leise und irritiert. „Tickets kosten Geld. Du kannst nicht einfach in einen Zug steigen, wenn Du Du bist. Sowas ist nur für Leute die sich ein 2€ Zugticket leisten können. Leute, bei denen nicht jede 2€ Münze für ein Bier vom Papa draufgeht.", sagte ein anderer Junge belehrend. Ehe Magnus etwas erwidern konnte, tauchte der Schaffner auf. „Fahrkarten bitte!" „Natürlich, hier Herr Schaffner. Ich möchte aber darauf hinweisen, dass Magnus hier kein Ticket hat!", sagte der erste Junge zum Schaffner. Dieser sah mit strengem Blick zu Magnus rüber. „So geht das aber nicht, Junger Mann. Sie bekommen ein Bußgeld und müssen sofort bei der nächsten Station aussteigen." „A-aber ich hab' doch ein Ticket.", sagte Magnus kleinlaut. „Keine Spielchen, junger Mann!", sagte der Schaffner in strengem Ton. „N-nein, w-wirklich. Hier!" Hastig kramte er in seinem Hosensack – gerade eben hatte er das Ticket doch noch in der Hand. Als er es spürte und herzeigen wollte, fiel es ihm aus der Hand und schwebte zu Boden. Hastig stürzte er hinterher, um es auf zu heben. Die anderen Jungs lachten. Endlich hatte er den Fahrschein in der Hand und konnte ihn herzeigen. „Oh, ähm. Na gut, sehr gut. Dankeschön.", sagte der Schaffner verwirrt. Er beugte sich zu Magnus und fragte mit leiser Stimme: „Und wieso sagen diese Raufbolde da hinten, dass Du keinen Fahrschein hast?" „Weil ich arm bin.", sagte Magnus kurz und knapp, ohne eine Gefühlsregung in seinem Gesicht.

„Oh, ähm... Tja. Ich verstehe. Solche Rüpel.", sagte der Schaffner, dem die Situation sichtlich unangenehm war. Er sah mit bösem Blick zu den Jungs nach hinten, sagte aber nichts und ging schließlich weiter.

Eine weitere besonders demütigende Episode hatte sich in Magnus' Gedächtnis gebrannt. Es war ein eiskalter Wintertag und Magnus hatte schon längst bemerkt, dass seine Kleidung nicht nur äußerlich, sondern auch funktionell erbärmlich war. Er fror. Während der Mittagspause, als er sich in eine Ecke des Schulhofs zurückzog, um sein Pausenbrot zu essen, näherten sich ihm drei seiner Klassenkameraden. Sie umzingelten ihn, und grinsten ihn hämisch an. „Hey Magnus, hast du heute wieder Brot ohne alles?", höhnte einer von ihnen und riss ihm das Brot aus der Hand. „Vielleicht schmeckt es besser mit etwas Schnee?" Sie lachten und pressten das Brot in den kalten, braunen Matsch. „Na los, iss es doch, jetzt, wo endlich was drauf ist!", rief ein anderer und schubste ihn. Magnus spürte nicht nur die Tränen aufsteigen, sondern auch den starken Hunger, der wie ein brennendes Holzscheit in seinem Magen lag. Er konnte nur daran denken, diesen um jeden Preis zu löschen. Der Gedanke, das Brot trotz des Drecks zu essen, war quälend, doch sein Hunger war unerträglich. Seine Mutter hatte es ihm extra eingepackt und er wusste nicht, ob er daheim etwas zu essen bekommen würde. „Schaut mal, er überlegt wirklich, das zu essen!", riefen sie und lachten, während Magnus starr auf das dreckige Brot blickte, das jetzt ungenießbar war. Das bisschen Geld, das für sein Brot und nicht für Alkohol ausgegeben wurde, war somit dahin.

Als Magnus an diesem Tag nach Hause kam, fühlten sich die Hassreden seines Vaters auf seltsame Weise befriedigend an. Einer der fünf Jungs, die ihn heute gedemütigt und um seine Jause gebracht hatten, hatte selbst einen türkischen

Nachnamen. Er war es, der hämisch gerufen hatte, dass Magnus überlege, das Matschbrot zu essen. Als er seinen Vater darüber schwadronieren hörte, dass „DIE" nicht hierher gehörten, empfand er einen kleinen Schauer von Siegesgefühl, das er so nicht kannte. Er hatte das Recht „hier" zu sein, und sein Mobber hatte das nicht. Eigentlich war er besser und dieser Schulkamerade, der sich ständig über ihn stellte, war minderwertig. Der Junge, der immer nur gedemütigt wurde, fühlte sich plötzlich – zumindest diesem einen ausgewählten Mitschüler gegenüber – überlegen. Es war, als würde sein Vater ihn unterstützen – unbewusst und unabsichtlich, versteht sich. Sein Vater war ihm das erste Mal, seit er sich erinnern konnte, ein Trost. Und das durch seine betrunkenen, rassistischen Hasstiraden.

Wie kann man mit dem Wissen leben? Mit der Schuld? Wie konnte er all die Zeit erhobenen Hauptes durch die Welt gehen und nicht sehen, wie viel er gut zu machen hatte? Ignorieren wie hoch seine Blutschuld war und immer noch ist?

Hatte er einfach „vergessen", dass sein Vater ein berühmter Nazi war? Fiel es ihm nun aus heiterem Himmel wieder ein, ohne jeden Anlass? Oder hatte es damit zu tun, dass er nun, wo ihm klar wurde wer Jakob war, wieder zu den Sehenden gehörte? Dass er nun wachsam war und sicherstellte, dass ihm derartig wichtige Informationen nicht mehr entgingen? Hatte Jakobs Besessenheit mit ihm etwas mit seiner Blutschuld zu tun? Hatte sein allesdurchdringender Blick bis in die Vergangenheit gespäht? Hatte Jakob weiter und tiefer blicken können, als es Dorian selbst je vermochte? War die Kälte und Grausamkeit in seinem Blick ein Versuch, an die Kälte und Grausamkeit der Verbrechen seiner Familie heranzukommen? Wenn Jakob aufgrund seiner Familie, seiner Vorfahren hinter ihm her war, so konnte er es ihm nicht verdenken.

Dass seine eigene Familie an einem der grausamsten Verbrechen gegen die Menschlichkeit mitgewirkt hatte, die unsere Geschichtsbücher kennen, war unverzeihlich. Dass sein eigener

Vater eine Hauptfigur in einem der dunkelsten Kapiteln der Menschheitsgeschichte war. Eine derartige Schuld verschwindet nicht einfach mit der Generation, sie verpufft nicht, wenn ein Nachfahre geboren wird. Sie geht auf ihn über und es werden viele Nachfahren über viele Jahre damit zu schaffen haben, diese Schuld aufzuarbeiten. Dies wird dem Mythos - besser dem Drama - des Sisyphos gleichen, da die Schuld schwerer wiegt als die Steinkugel und die Geschichte erbarmungsloser ist, als die Schwerkraft, die sie immer wieder in die Tiefe holt.

Dorian hatte bis heute nichts getan, was einer Aufarbeitung nahekam – im Gegenteil, er hatte seine Ahnenschuld einfach ausgeblendet. Durch diese Ignoranz hatte er noch mehr Schuld auf sich geladen. Die Nachfahren derer, die damals auf der anderen Seite der Geschichte standen, die Nachfahren der Opfer hatten womöglich größere Hürden in ihrem Leben zu bewältigen, als er. Die steile Karriereleiter, die Dorian bisher hinaufklettern durfte, wurde durch seine Herkunft und seine Vorfahren gebaut, poliert und wohl platziert. Die Erbauer dieser Leiter gruben gleichzeitig tiefe Gräben für die Nachfahren der Opfer, die weit mehr zu bewältigen hatten, um einer Karriere folgen zu können. Ganz zu schweigen von den vielen Opfern, die keine Nachfahren mehr bekommen konnten, oder deren Nachfahren selbst der schrecklichen Ideologie zum Opfer gefallen sind.

Dorians Gedanken rasten. Er musste etwas tun. Die Schuld wog zu schwer, zu viel Schaden war bereits angerichtet.

Auf dem Ziffernblatt der allgegenwärtigen Ikea-Uhr war zu lesen, dass in einer Minute, um 8:05 genau, die Teambesprechung der Abteilung für Psychiatrie und Psychotherapeutische Medizin begann. Die Mehrweg-Coffee-To-Go Becher thronten auf den Tischen, A4-Zettel wurden hervorgekramt, Bettenspiegel ausgeteilt und alle möglichen Leute in blauen Kasacks und weißen Mänteln drängten sich herein. Die Dienst-Mannschaft der letzten Nacht saß bereit, um die Herausforderungen der 25h-Schicht zu schildern und danach zügig ins Bett zu gehen. Als endlich alle bereit waren, begann die übernächtigte Assistenzärztin zu erzählen. Es hatte zwei Aufnahmen in der Nacht gegeben, beides bereits vorbekannte Patientinnen. Dorian wusste sofort, wer die beiden Frauen waren und es tat ihm leid, dass sie eine erneute Krise durchmachten. Seine Kollegin erzählte weiter von Patienten, die ambulant versorgt werden konnten, und somit keinen stationären Aufenthalt durchlaufen mussten.

Als nächstes wurde ein junger Mann besprochen, der eine unruhige Nacht hinter sich hatte, aufgrund von Flashbacks und Alpträumen im Rahmen seiner Posttraumatischen Belastungsstörung. Jeder wusste um die schrecklichen Ungerechtigkeiten, die ihm wiederfahren waren und im Raum machte sich ein betroffenes Schweigen breit. Der Alptraum in dieser Nacht war länger, als alle bisherigen und gab nie da gewesenes Gesprächspotenzial über das Geschehene. Im Rahmen der Traumatherapie wurden bereits viele Einzelheiten des Tathergangs zu Tage befördert. Dennoch lag ein großer Teil der Tat im Nebel. Für den Patienten Herrn K. war es ein eigens auferlegter und absichtlich verstärkter Nebel, hinter dem er einen Teil der Tat aus seinem inneren Sichtfeld befördern wollte. Das war ihm auch gelungen, denn wenn er bildlich gesprochen „hinzuschauen" versuchte, waren da nur dicke graue Wolken. Gott sei Dank. So war es gedacht. Doch nun hatte der Alptraum der letzten Nacht wie ein mächtiger Blitz die Wolkenwand zerschlagen und gewährte einen viel zu direkten Blick auf all die schrecklichen Details. Herr Jeremy K. wurde Opfer eines rassistischen Angriffs. Eine Gruppe junger Männer sahen es beim Fortgehen als Belustigung an, ihn zu Demütigen und beinahe tot zu prügeln. Bei diesem Hassverbrechen wurde ihm die Sehkraft seines linken Auges genommen. Doch sein Leben wurde ihm gelassen - was an ein Wunder grenzte. Herr K. wurde aufgrund der zentralafrikanischen Herkunft seiner Eltern von seinen Peinigern ausgewählt und musste durch die Hölle gehen.

„Es tut mir so leid", schluchzte Dorian. Verzweifelt suchten seine Hände nach einem Taschentuch, während er diesen Satz immer wieder wiederholte. Während der Übergabe war Dorian beim Fall Herr K. in Tränen ausgebrochen. Seine Kollegin reichte ihm ein Taschentuch und sah ihn traurig an. Alle Blicke im Raum richteten sich auf Dorian und waren verständnisvoll und betroffen, ob der Grausamkeit des Falles. Gleichzeitig waren sie etwas ratlos, wo die große Verzweiflung von Dorian herkam. Waren das etwa Schuldgefühle? Aber weshalb?

„Wie kann ich ihn behandeln, bei dem, was ich bin? Bei dem wieviel von ebendiesem Hass und Rassismus in meinem Blut fließen muss? Ich verurteile und hasse es, aber trotzdem muss ich es doch in mir haben? Ich kann ihn nicht behandeln, ich kann ihm nicht unter die Augen treten." Flehend wandte er sich an seinen Vorgesetzten. Dieser sah ihn entgeistert an und antwortete vollkommen überfordert „aha... na gut.... dann übernimmst du eben die Zimmer auf der Seite F." Er hoffte, seinen Assistenzarzt nun ein wenig beruhigt zu haben, aber Dorian weinte immer heftiger, alles schien aus ihm heraus zu brechen.

„Er war nicht nur ein normaler Soldat, er hat ständig extra viel Grausamkeit und Engagement bewiesen. Er hat das „Ahnenerbe" gegründet, das ist eine SS-Organisation...", redete Dorian viel zu schnell und völlig geistesabwesend vor sich hin.

„Wer? Himmler? Wie kommst Du jetzt darauf?", wollte seine Kollegin in seinen Monolog einsteigen.

„Er hat auch ständig so pompöse Uniformen getragen. Diese lächerlichen Uniformen. Und ständig diese esoterischen Theorien. Wer geht bitte zu einem Astrologen und richtet seine Kriegsverbrechen nach den Sternen?" Dorian grinste seltsam, während er das sagte. „Aber ein bisschen was konnte er auch. Er war Architekt und später Rüstungsminister der Nazis. Natürlich hat er Zwangsarbeiter für den Bau seiner Projekte ausgenutzt..."

„Architekt und Rüstungsminister? Sprechen wir jetzt von Albert Speer?", fragte seine Kollegin verwirrt. „Dorian! Warum sprechen wir über diese Nationalsozialisten Dorian?!" fragte sie ihn eindringlich.

„Tja, ich würde auch lieber nicht darüber sprechen. Aber ich kann der Wahrheit nun einmal nicht entfliehen. Hast Du gewusst, dass er Chef des RSHA war?"

„Von was?"

„Vom Reichssicherheitshauptamt. Er hat auch die Wannseekonferenz geleitet. Er hatte immer so viel zu tun, daher war er nie zuhause. Er war nicht nur ein allgemein schrecklicher Mensch, sondern auch ein schrecklicher Vater..."

„Du glaubst Reinhard Heydrich war Dein Vater?", mischte sich Dorians Vorgesetzter ein. Alle blickten ihn an. Dorian schien kurz verwirrt zu sein.

„Nein, so hat mein Vater nicht geheißen. Sein Name war Karl. Aber vielleicht muss man als Großadmiral und Befehlshaber der Kriegsmarine einfach einen Decknamen haben. Aber sein Name war Karl."

„Dorian... Du glaubst, Dein Vater war ein bekannter Nazi?", fragte seine Kollegin ihn ruhig und ernst.

„Was heißt „glauben". Ich versuche euch zu erklären, wieso ich Herrn K. auf keinen Fall behandeln kann. Nach dem, was ihm passiert ist, will man doch dann nicht vom Sohn des SS - und Polizeiführers des Nazi-Regimes behandelt werden! Nach meinem Vater wurde sogar diese grausame Methode benannt. Damit versteht sich ja von selbst, dass ich Herrn K. nicht unter die Augen treten kann!"

„Dorian, Du bist viel zu jung, dass Dein Vater das getan haben könnte. Außerdem wurden all diese Sachen von verschiedenen bekannten Nazis ausgeführt. Und du kennst sie alle.", versuchte seine Kollegin ruhig aber bestimmt auf ihn einzureden. „Du weißt wer Göring, Hess, Heydrich, Dönitz und Jeckeln sind. Das sind furchtbare Kriegsverbrecher, aber niemand von denen ist Dein Vater. Deine Mutter..."

Da unterbrach Dorian sie „Ja meine Mutter. Die ist der Beweis, dass ich das Böse zu 100% in mir haben muss. Schließlich war auch sie an Grausamkeit nicht zu überbieten. Eine Mörderin und Kriegsverbrecherin. Sie hat als Ärztin in Ravensbrück gearbeitet...."

„Dorian, ich hab' Deine Mutter kennengelernt. Sie ist keine Ärztin und sehr lieb und warmherzig. Ihr versteht euch doch so gut!", warf eine andere Assistenzarzt-Kollegin ein.

„JA sie ist eine gute Mutter. Und ich liebe sie. Aber sie ist dennoch eine Kriegsverbrecherin. Ihre Spitznamen waren „Hexe" und „Hyäne". Irgendeine absurde Vorliebe hatte sie für Tätowierungen und Hunde..."

Im Raum wurden Blicke ausgetauscht. Alle wussten, von welchen grausamen Frauen der Geschichte hier gesprochen wurde und jeder wusste, dass es sich nicht um Dorians Mutter handeln konnte.

„Aber auch mein Vater war nicht nur schlecht..." sinnierte Dorian vor sich hin. „Er hat sogar Friedensverhandlungen in Schottland geführt und wurde dafür inhaftiert. Außerdem hätte er nach dem Krieg von der USA für deren Raumfahrtprogramm rekrutiert werden können, hat das aber seiner Familie zu Liebe ausgeschlagen. Uns zu Liebe..." Dorian brach erneut in Tränen aus.

Herr Jeremy K. wurde vor 26 Jahren in einer kleinen Gemeinde nicht weit von der Klinik geboren und brachte eine unauffällige, aber erfolgreiche Schulkarriere hinter sich. Nach der Matura am Sportgymnasium folgte der Zivildienst und nach diesem das Bachelorstudium und die Ausbildung zum Physiotherapeuten. Nun betreute er bereits seit einigen Jahren ältere Menschen bei der Instandhaltung ihrer Beweglichkeit. Für ihn war die Arbeit mit Menschen im höheren Lebensalter etwas ganz Besonderes. Wenngleich seine Kundschaft von außen oft als „alte Menschen" über einen Kamm geschert wurde, so war eine spürbare und extrem ausgeprägte Diversität vorhanden. Auch die Geschichten und Ansichten, die er bei den gesprächigeren Patienten und Patientinnen aufschnappen durfte, hatten ihn bereits vieles gelehrt - oder ihn zumindest amüsiert. Kaum jemand zweifelt daran, dass man als Kind oder als Teenager viele Veränderungen durchmacht, Jeremy war aber der festen Überzeugung, dass es im hohen Lebensalter mindestens genauso viel Wandel gibt und die Anpassungsfähigkeit von alten Menschen unterschätzt wird. Man sieht von außen oft nur „den Opa, der sein Haus nicht mehr verlassen oder seinen Wohnort wechseln will", oder „die Oma, die ihre Gewohnheiten nicht mehr verändern will" und urteilt, alte Menschen wären nicht anpassungsfähig. Der junge Jeremy K. der mit so vielen arbeiten durfte, die in diese Gruppe fielen, meinte zu wissen, dass seine Patienten und Patientinnen jeden Tag aufs Neue unzählige Veränderungen bewältigten und eigentlich hochgradig anpassungsfähig waren. Die meisten Veränderungen, seien sie körperlich, mental oder das Umfeld betreffend, kann man nicht beeinflussen und es bleibt einem kaum ein anderer Ausweg, als sich anzupassen. Wenn es dann aber Umstände gibt, über die man noch einen kleinen Funken Eigenmächtigkeit verfügt, so könnte man behaupten, dass es verständlich ist, an diesen festhalten zu wollen.

Die Eltern von Herrn K. stammten aus Gabun, hatten sich ein gutes Leben erarbeitet und ihrem Sohn ein noch besseres ermöglicht. Er beherrschte mehrere Sprachen, darunter Französisch und Deutsch als Muttersprachen, hatte eine gewisse finanzielle Sicherheit, wuchs gut behütet und mit vielen guten Freunden auf. Bei seiner Berufswahl waren ihm wenige bis keine Grenzen gesetzt.

An besagtem Tag war er jedoch zur falschen Zeit am falschen Ort. Un jour au mauvais endroit. Er fuhr, wie so oft, spät abends in der Ubahn, als eine Gruppe lauter und leicht angetrunkener Burschen auf ihn aufmerksam wurden. Als ihr ohnehin enden wollender Intellekt an seine engen Grenzen stieß und sie nicht mehr in der Lage waren weiterhin schlechte Witze zu produzieren, wurde Jeremy ihre neue Punchline. Vorerst nur verbal. Hinter vorgehaltener Hand „räusperten" sie rassistische Beleidigungen vor sich hin, woraufhin sie jedes Mal in Gelächter ausbrachen. Die Beleidigungen wurden stetig schlimmer und das Kichern und Schnauben wurde lauter und ekelhafter. Von den wenigen richtigen Wörtern, denen sie mächtig waren, schienen 50% rassistischer Natur zu sein. Jeremy blieb an Ort und Stelle stehen und hielt den Blick gesenkt. Er wollte sich nicht bewegen, da er Angst davor hatte, wie die Gruppe auf ihn reagieren würde. Würden sie ihm folgen? Sie waren nicht alleine im Wagon, es waren einige weitere Personen anwesend, die die Situation mitbekamen. Alle schauten betreten auf den Boden, aus dem Fenster oder auf ihre Smartphones. Teilweise bekam er mitleidige Blicke ab. Diese schenkten ihm aber keine Sicherheit, sondern lediglich Demütigung. Er fuhr in der U-bahn in der er so häufig fuhr. In der Stadt von der er keine 20km entfernt geboren wurde und aufgewachsen war. In dem Land, das seines war, in das er hinein geboren war, in welchem er alles gelernt hatte, was er wusste, das einzige Land, das er so richtig kannte. Und nun war er ein nirgends zugehöriger Fremder. Die, die „hierher gehörten", waren gerade dabei ihn entweder zu entmenschlichen, oder ihn zu bemitleiden. Von keiner Seite wurde er gerade als gleichwertig angenommen, respektiert oder gar beschützt.

Nach einer gefühlten Ewigkeit kam endlich seine Station. Er stieg schnell und mit gesenktem Blick aus der U-Bahn aus. Gerade als er dachte, er sei in Sicherheit, hatte ihn der mit dem hässlichsten Lachen der Gruppe (oder der Menschheit) an der Schulter gepackt. Der erste Schlag in den Bauch hatte gesessen und ließ ihn zu Boden gehen. So hatten sie ihn buchstäblich auf einen Schlag in die Knie gezwungen und die Demütigungen konnten beginnen. Der eigentlich junge und fitte Jeremy machte selbstverständlich Anstalten, sich zu wehren, doch das machte alles nur schlimmer. Er begann, zu dissoziieren. Das Gelächter rückte in die Ferne. Die Schmerzen, die sein zertrümmerter Kiefer, seine zugerichteten Augen und seine gebrochenen Rippen ihm bescherten, spürte er kaum mehr. Oder spürte er sie doch und sie waren der Grund, wieso er sich wie tot fühlte? Oder war es, weil er bereits tot war? Nein, wenn er wirklich tot wäre, würden die Schläge und die Demütigungen doch aufhören? Oder nicht? Wenigstens dann würden sie doch aufhören?! Er bemerkte, dass er plötzlich kein T-Shirt mehr anhatte. Kurz hatte er einen Anflug von Panik, was das bedeutete, was sie nun mit ihm machen würden. Doch dann war dieser Anflug von Panik weg und jede andere Emotion ebenso. Schwach und wie in weiter Ferne nahm Jeremy den intensiven Uringeruch vor und auf sich wahr, der von den Worten „hier, wir wollen nur, dass Du Dich wie zu Hause fühlst", begleitet wurde. Jeremy sah sich um. Keine Passanten. Niemand war anwesend. Keine Menschenseele. Gott sei Dank. Keine Mitleidigen Blicke, die ihm ohnehin nicht helfen würden. Doch wer würde nachher den Krankenwagen rufen? Oder zumindest die Polizei und den Bestatter? Würde ihn irgendeine unbeteiligte Seele in der Nacht tot auffinden und für ihr Leben traumatisiert sein? Das tat ihm leid. Aber nur ein wenig, denn richtige Emotionen konnte er gerade nicht empfinden.

So spät in der Nacht hatten die U-Bahnen leider ein größeres Intervall. Als nach 25 Minuten die nächste einfuhr, ließen seine Peiniger von ihm ab und fuhren mit ihr davon. Es war vorbei. Ganz plötzlich war es vorbei. Jeremy glaubte, einen weit entfernten, viel zu hohen und schrillen Piepton wahrzunehmen und sackte schließlich endgültig in sich zusammen. Mit zahlreichen gebrochenen Knochen, einem Auge auf dem er nichts mehr sehen konnte und einem intensiven Uringestank auf seiner Kleidung, hatte er endlich seinen Frieden zurück und in dieser kalten Ecke der verlassenen U-Bahn-Station fielen ihm die Augen zu.

Dank einer jungen Passantin und sämtlichen höheren Mächten, an die er gar nicht glaubte, überlebte er das Unaussprechliche. Er kannte nun diese Hölle mit all ihren Feuern und musste diese so schnell wie möglich aus seinen Gedanken löschen. Niemand wusste, was genau passiert war, wenngleich die Polizei akribisch daran arbeitete, die Verantwortlichen zu stellen. Alle waren frustriert, weil sie nicht wussten, was geschehen war. Wie gerne hätte er mit ihnen getauscht.

Jeremy war natürlich klar, dass er alles darlegen musste. Doch wer könnte sich so etwas anhören? Wer könnte so etwas über sich selbst erzählen? Wer will von all den Erniedrigungen berichten, die einem selbst angetan wurden? Wer beginnt ausführlich über die Taten zu sprechen, die es eigentlich zu verdrängen gilt? Nachdem zahlreiche inneren Kämpfe ausgefochten worden waren, begann Jeremy alles zu erzählen.

Dorian stieg die seit Jahren nicht mehr benutzte Dachbodentreppe hinauf. Immer wieder meldete sie sich zu Wort - es war kein richtiges Knarren, eher ab und an ein Knacks. Je weiter er Richtung Dachboden kam, desto größer und dichter wurden die Staubwolken, die vor ihm aufwirbelten. Lange hatte er den Dachboden vernachlässigt, war dieser doch für ihn ein Ort, der die vielen unbequemen Erinnerungen seiner Kindheit beheimatete und gut vor ihm versteckte. In den letzten Jahren hatte er kaum mehr einen Gedanken an seine Familiengeschichten verschwendet, und den Dachboden zugegebenermaßen aus schierer Bequemlichkeit gemieden. Doch heute musste er hinauf. Der Weg kam ihm länger vor denje, da er Gedanklich stets zwei Schritte voraus war. Er wollte am liebsten schon oben sein, bereits 2-3 Kisten geöffnet und auf ihren Inhalt geprüft haben. Eine innere Unruhe trieb ihn an, eine manische Energie, die ihn fühlen ließ, als könne er sich dreiteilen, gemeinsam auf den Dachboden schweben und alles gleichzeitig machen. Es war, als wäre ihn ihm ein Ventil aufgegangen, das Energie wie Treibstoff in seinem ganzen Körper verbreitete und ihm keine Sekunde Pause gönnte. Einerseits war alles in ihm auf die Kisten, deren Inhalt und die Geschichten, die sie beherbergten fokussiert, andererseits war sein Geist völlig desorganisiert und in alle Richtungen verstreut.

Oben angekommen, öffnete er vorsichtig die sperrige Holztüre und wurde von einer Woge muffiger Luft willkommen geheißen. Der Dachboden war dunkel, heruntergekommen und vollgestellt mit alten Möbeln, Kisten und Gerümpel, welches sich über Jahrzehnte angesammelt hatte.

Als er sich endlich über seine ersehnten Kisten beugte, griff er nach einem Stofffetzen, welcher ihm entgegen blitze. Es handelte sich um eine alte Uniform, stümperhaft zusammengelegt und von Motten zerfressen. Er ließ den schweren Stoff über seine Hände gleiten und betrachtete die Uniform beinahe ehrfürchtig. Es befanden sich vereinzelte Abzeichen darauf, die er als Laie überhaupt nicht zuordnen konnte, jedoch für Militärabzeichen hielt. Dorian war bewusst, dass er eine alte Naziuniform in der Hand hielt und damit auch alles was sie verkörperte. Es lag jetzt bei ihm, nun da er alles über seinen grausamen Vater erfahren und erinnert hatte. Ob die Uniform wirklich ihm selbst gehört hatte, war unmöglich zu sagen. Fest stand nur, dass sein Vater wohl nicht alle Spuren seiner geschichtsträchtigen und grauenhaften Vergangenheit vernichtet hatte und Dorians Blutschuld somit einmal mehr bewiesen war. Er suchte nach Abzeichen und Symbolen, die auf den Nationalsozialismus hindeuteten, fand jedoch keine. „Raffiniert“, dachte Dorian. „Er hat wirklich vorgesorgt.“ Man hätte fast zu dem Schluss kommen können, es handle sich um eine gewöhnliche alte Militäruniform. Doch Dorian wusste es besser.

Eigentlich brauchte er keine weiteren Beweise für die Verbrecherkarriere seines Vaters. Doch seine Neugier war geweckt und sein Umfeld schien ihm nicht zu glauben. Die leugneten sogar die schiere Möglichkeit, dass Dorians Vater überhaupt ein bekannter Nazi gewesen sein konnte, weil sie die Zeitlinie für unrealistisch hielten. Bei all seinen folgenden Erkenntnissen hörten sie Dorian nicht einmal mehr richtig zu. Dass es für ihn selbst ungeheuerliche Konsequenzen mit sich brachte, eine solche Blutschuld aufgeladen zu haben, schien sie überhaupt nicht zu interessieren. Er hatte sich bereits an den Gedanken gewöhnt, alleine damit fertig werden zu müssen, der Vergeltung und Wiedergutmachung alleine gegenübertreten zu müssen, doch was würde es schaden ein paar Beweise zu finden? Vielleicht glaubten sie ihm dann? Und falls nicht, so würde es ihm zumindest helfen, das höhere Ziel nicht aus den Augen zu verlieren. Die Beweise würden ihn niemals vergessen lassen, wieso er all die Taten begehen musste, die er noch begehen würde. Während diese Gedanken in seinem Kopf Loopings schlugen, wanderte sein Blick durch das halbbeleuchtete Zimmer, bis er plötzlich erstarrte. Er blieb an einem unheilvollen Gegenstand hängen. In einem klapprigen, heruntergekommenen Regal lag eine Schrotflinte. Dorian hatte gehofft, kein Gewehr seines Vaters zu finden, da er sich die damit verübten Verbrechen nicht vorstellen wollte. Er griff sie sich und musterte sie genau. Sofort liefen Filme vor seinen Augen ab, in denen er Menschen sah, die zu Recht um ihr Leben fürchteten. Er sah Menschen die flehten und beteten, Menschen die in ihren letzten Minuten Ungeheuerliches durchlebt hatten. Er sah Leid und Elend. Szenen, in denen viele Leben gnadenlos und willkürlich beendet wurden. Er hörte, wie schreckliche Urteile gesprochen wurden und sah, wie diese mit der Waffe in seinen Händen vollstreckt wurden. Dorian war kalt und bei all diesen Vorstellungen fühlte er sich, als würde er rückwärts in ein tiefes Schwarzes Loch stürzen und der Sturz wollte einfach kein Ende nehmen. Eigentlich konnte er nicht wissen, wem die Flinte einmal gehört hatte. Bei der Waffe handelte es sich um eine Suhler Doppelflinte, Kaliber 16/70, eine früher sehr verbreitete doppelläufige Schrotflinte, die traditionell für die Jagd auf Niederwild, sowie den Schießsport angewendet wurde. Doch von so etwas hatte Dorian keine Ahnung. Allein der Blick auf eine Waffe am Dachboden seiner Familie brachte ihn völlig aus der

Bahn. Doch er sammelte sich wieder. Er hatte hier oben noch einiges zu tun.

Mit Mühen öffnete er einen alten schmalen Reisekoffer, bei dem der Verschluss klemmte, nur um festzustellen, dass er bis auf ein paar Papiere leer war. Es waren verschiedene Personenbezogene Dokumente, wie Geburtsurkunden und Meldezettel. Vereinzelt fanden sich auch Personalausweise und Reisepässe. Dorian fröstelte. Ihm war, als durchfuhr ein Stromschlag seinen gesamten Körper und ihm wurde gleichzeitig heiß und wieder kalt. Er brachte es nicht übers Herz die Namen auf den Papieren zu lesen. Schnell legte er diese verkehrtherum zurück in den Koffer und knallte ihn zu. Das mussten die Dokumente der Leute sein, die sein Vater verraten hatte – dessen war Dorian sich sicher. Diese Menschen hatten unvorstellbare Qualen durchlitten, nur weil sein Vater ein Monster mit zu viel Macht gewesen war. Dorian fühlte sich als hätten seine Schultern Feuer gefangen, ein brennender, heißer Schmerz arbeitete sich von beiden Seiten zu seiner Körpermitte vor. Plötzlich tropfte eine Träne von seiner Wange auf sein Schlüsselbein, die den Brand zu löschen schien und riss ihn aus seinen Gedanken. Prompt wischte er seine Tränen weg und eilte Richtung Dachbodenausgang.

Mahyla wälzte sich unruhig im Bett hin und her. Der digitale Wecker sprang auf 3:27 Uhr, als vom Innenhof aus blecherne Geräusche durch das Fenster direkt neben dem Bett drangen. Sie weckten Mahyla nicht auf, gestalteten ihren Schlaf allerdings noch unruhiger. Es war eine dunkle Nacht, der Mond geizte mit seiner Lichtreflexion und die Wolken verbaten jeden Blick auf die Sterne. Die blechernen Geräusche waren schwer zuzuordnen, wurden aber vermutlich durch das Aufeinandertreffen von Wind und Müll verursacht. Die Stadt um sie herum war gespenstisch still und gespenstisch laut.

Ähnlich, wie wenn man an einem seichten Sandstrand aus dem Wasser steigen möchte, sich aber nicht umgehend im Trockenen befindet, sondern eine kurze Zeit dazwischen verweilt, wurde Mahyla in einen seichten Schlaf gespült, der noch eine lange Zeit ihre Füße nässte, während sich ihre Sinne bereits wieder an Land befanden. Sie blinzelte gegen die Dunkelheit, die ihr Schlafzimmer einnahm. Ihr Zimmer wirkte größer als sonst, die Decke dreimal höher als sie es gewohnt war. Eine schwarze und eine graue Dunkelheit mischten sich miteinander und schwebten im Zimmer über ihr, bis an die Decke. Es war nur gespenstische Stille geblieben und eine unangenehme, schwere Finsternis. Die Finsternis wurde immer dichter und kam immer näher, bis sie schließlich Mahylas Hand nahm und sie sie förmlich spüren konnte. Mahyla hasste diese bedrohliche, aufdringliche Finsternis, der sie tagsüber in ihrem Inneren zu entfliehen suchte, die sie Nachts aber von außen einholte und überwätigte. Sie setzte an, sich zu ihrem Lichtschalter zu beugen, um die Finsternis zu vertreiben. Doch die wohlbekannten Umrisse des Schalters, die selbst bei diesen Lichtverhältnissen eindeutig zu sehen sein sollten, waren nicht da. Die Finsternis war ihr zuvor gekommen und hatte ihr ihre einzige Waffe gegen sie genommen. Mahyla versuchte in ihrer mentalen Zwischenwelt einen rationalen Gedanken zu fassen. Konnte der Lichtschalter tatsächlich einfach weg sein? Nein, das war nicht möglich. Also versuchte sie, dennoch auf das leere Stück Wand zu greifen, wo er sich befinden sollte, als sie bemerkte, dass sie sich nicht bewegen konnte. Ihr Arm führte den Befehl nicht aus. Keines ihrer Köperteile bewegte sich auf ihre mentale Anweisung hin. Sie alle waren schwer wie Blei, unnachgiebig und unbeweglich. Mahyla versuchte weiterhin sich zu bewegen, doch ihr Körper wurde immer schwerer und sie schaffte es nicht einmal, ihren kleinen Finger zu bewegen. Daher bewegte sie das einzige, was ihr gehorchen wollte – ihre Augen. Und das war ein großer Fehler.

Ihren Blick zu bewegen, hatte für den Bruchteil einer Sekunde etwas Tröstliches, da er ihr gehorchte. Doch als sie sah, was in der nähersten Ecke ihres Zimmers stand, wünschte sie, ihre Augen hätten ebenfalls ihre Befehle verweigert. Der Blick in die Zimmerecke verriet ihr, dass das Gefühl beobachtet zu werden, nicht allein ihrer Fantasie entsprang. Was oder wen genau sie gerade direkt anblickte, konnte Mahyla nicht ausmachen. Doch er war wie immer sehr groß und schlank. Und er trug wie immer seinen bescheuerten und unfassbar gruseligen Hut. Wieder als sie ihn direkt anblickte, hatte sie das Gefühl, jemand würde ihr ein sehr hässliches Grinsen „schenken", war sich dessen aber nicht sicher. Wie immer, ließ er seine teuflische kleine Kreatur los, die auf Mahylas Brust kletterte um ihr langsam die Luft abzuschnüren.

Die Augenringe am nächsten Tag verrieten Mahyla. Sie waren wie ein Schild, auf dem geschrieben stand, wann sich ihre jüngste Schlafparalyse vollzogen hatte. Ein Problem, dem sich die Therapeuten und Therapeutinnen in der Tagesklinik längst zu widmen versuchten, was sie aber ständig abwehrte. Natürlich wollte sie ihren nächtlichen Dauergast loswerden, aber aus irgendeinem Grund brachte sie es nicht fertig, das Problem therapeutisch und strategisch anzugehen. Ihr war klar, dass das eine Form der Selbstsabotage war - diese war ihr grundsätzlich nicht fremd – jedoch hatte sie trotz dieser Einsicht noch nicht die Kraft gefunden, sich damit auseinander zu setzen.

"I WILL FIGHT LIKE HELL
TO HIDE THAT I AM GIVING UP."
— BRIGHT EYES

Mahyla öffnete die Augen. Es schien noch mitten in der Nacht zu sein. Kein Baustellenlärm von der Hauptstraße, keine Schritte im Innenhof, kaum Verkehr zu hören. Grau und Beige schienen regelrecht in der Luft zu schweben und das Zimmer einzunehmen. Sie konzentrierte sich auf den Raum. Die Wände kamen ihr ein wenig höher vor, als normalerweise, doch es schien ein realistisches Größenverhältnis zu herrschen. Das Licht aufzudrehen würde ihre Anspannung verschwinden lassen, nach ein paar Seiten ihres Buches, würde sie gewiss wieder einschlafen. Ihr Blick wanderte zum Lichtschalter. Der war wie jede Tagstunde über an seiner gewohnten Stelle montiert. Mahyla streckte die Hand nach ihm aus. So dachte sie zumindest, bis sie bemerkte, dass ihr Arm ihren Befehlen nicht gehorchte. Sie versuchte verzweifelt sich irgendwie zu bewegen, doch wie so oft scheiterte sie kläglich. Frustration und Verzweiflung setzten ein. Alles hatte so normal begonnen und doch war sie schon wieder paralysiert. Sie fühlte sich hilflos und ausgeliefert. Ihr verzweifelter und trauriger Blick wanderte in die altbekannte Ecke des Zimmers, in dem sie ihren schaurigen Dauergast erwartete. Doch die Ecke war leer. Sie sah aus wie immer – ein Staubsauger, ein Wäscheständer und eine leere Wand waren in der Dunkelheit erkennbar.

Erleichterung machte sich in ihr breit. Heute würde niemand versuchen, ihr die Kehle abzuschnüren. Heute würde kein kleines ekeliges Biest auf ihre Brust krabbeln und ihren Atem langsam verschwinden lassen. Sie hasste das Gefühl paralysiert zu sein, war so aber zuversichtlich, dass sie bald wieder halbwegs ruhig einschlafen und frühmorgens in normalem Zustand und in einer hellen Wohnung aufwachen würde.

Plötzlich hörte sie Geräusche aus Vor- und Wohnzimmer. War das ein Schlüssel, der sich im Schloss herumdreht? Hörte sie Schritte in ihrer Wohnung? Direkt vor der Schlafzimmertüre? Die Schritte gingen in die Küche. Skurriler Weise klang es, als würde sich jemand oder etwas ein Wasserglas aus dem Küchenschrank holen und es mit Leitungswasser befüllen. Gingen die Schritte zurück ins Wohnzimmer, in die Nähe ihres Schlafzimmers? In Mahlya stieg Panik auf. Konnte da gerade wirklich jemand in ihrer Wohnung sein? Und wieso konnte sie sich nicht verstecken, ja nicht einmal bewegen? Ohne zu überlegen, nahm sie all ihren Atem zusammen und schrie so laut sie konnte. Doch leider war das nicht sonderlich laut. Ein sehr heiserer und leiser Ton kam heraus, der nicht einmal ein „Wer ist da?“ erahnen ließ. Für den hatte sie aber so viele Ressourcen aufgewendet, dass sie völlig außer Atem war. Unmöglich hätte der Eindringling sie hören können. Vielleicht war das auch gut so, vielleicht rettete ihre Schlafparalyse sie gerade davor, auf sich aufmerksam zu machen. Zumindest versuchte sie, sich das einzureden. Doch plötzlich erschrak sie. Anscheinend war der Eindringling dennoch auf sie aufmerksam geworden. „Ich bins nur“, sagte eine ihr völlig fremde Männerstimme direkt vor ihrer Schlafzimmertüre. Der Fremde wusste wohl, dass sie da drinnen lag. Wusste er auch wie hilflos sie gerade war? Dass sie völlig paralysiert und alleine im Dunklen lag? Wieso stand er direkt vor ihrer verschlossenen Schlafzimmertüre und zeigte sich nicht? Die Stimme klang eigentlich sehr freundlich und überhaupt nicht bedrohlich, doch sie war Mahlya völlig fremd und kam aus ihrer eigenen Wohnung. Das machte sie also äußerst bedrohlich. Sie versuchte es zu rationalisieren. „Ich bins nur." Ja wer denn? Sie dachte alles durch, doch sie kannte niemanden mit dieser Stimme, sie wohnte alleine, niemand hatte ihren Wohnungsschlüssel und überhaupt kannte sie keinen Mann dem sie vertraute, der so klingen könnte und der jetzt in ihrer Wohnung sein könnte. Das Rationalisieren machte es nicht besser, sondern führte ihr nur ihre schreckliche und ausweglose Situation vor Augen. Erneut stieg Panik in ihr auf und traf sie mit voller Wucht. Sie versuchte sich zu bewegen, versuchte zu schreien, doch nichts davon gelang. Tränen der Verzweiflung tropften von ihrem heißen Gesicht – die einzige Regung, die ihr Körper zu ließ. Die Stimme vor ihrer Schlafzimmertüre erklang erneut: „Keine Sorge, ich bins nur!"

12.   AND IT ALL BEGINS TO
BLOOM

Mahyla war am nächsten Tag besonders gezeichnet von ihrer letzten Nacht. An den schwarzen Mann mit Hut und sein kleines tödliches Haustier hatte sie sich schon fast ein wenig gewöhnt. Zwar bekam sie jedes Mal aufs Neue einen Schreck und hatte auch jedes Mal das Gefühl zu ersticken – was die Hölle war – jedoch hatte sie gelernt, es in gewissem Maße zu rationalisieren. Sie wusste immer, was als Nächstes kam. Sie kannte die Anzeichen für den Besuch des Hut-Mannes. Und das wichtigste: Sie hatte bereits mehrmals gelernt, dass sie die Situation überlebte, dass er am nächsten Morgen weg und ihr Atem wieder da. Bei dieser letzten Schlafparalyse jedoch war alles anders. Es wirkte so real, so bedrohlich. Es hatte realistisch angefangen, keine Anzeichen für den Hut-Mann, keine Hinweise auf eine Schlafparalyse. Alles begann sehr real und setzte sich auch in realistischer Weise fort. Und das war das beängstigende daran. Kein dunkles Wesen, das einen kleinen Teufel zum Haustier hatte. Einfach ein fremder Mann in ihrer Wohnung, der mit freundlicher Stimme sagte „Ich bin's nur!". Und sie selbst vollkommen bewegungsunfähig im Schlafzimmer. Gänzlich ausgeliefert. Die Todesangst erreichte das Level ihrer allerersten Schlafparalyse, mit Besuch des gruseligen Hut-Mannes.

Dorian war es nicht entgangen, dass etwas mit Mahyla nicht stimmte. Gestern hatten sie noch über ihre vielen Zukunftspläne gesprochen, über ihre Ruhelosigkeit, über ihre Träume. Heute wirkte sie verstört und erschöpft. Er sprach sie drauf an und sie lächelte müde. „Weißt Du Dorian, manchmal ist es beinahe unerträglich, nicht hunderte Leben in hunderten Welten leben zu können. Nicht alles sofort sein und sofort tun zu können. Sich entscheiden zu müssen. Nur einen Schritt nach dem anderen machen zu können und nicht alle auf einmal. Dieses Gefühl ist mein Antrieb bei Gesprächen wie dem gestrigen. Doch es gibt Tage, an denen scheint bereits dieses eine Leben wie eine kaum bewältigbare Bürde."

Dorian lächelte sie an. Sie war ausgezeichnet darin, ihre Gefühle zu artikulieren und er war dankbar, dass sie ihn an diesen teilhaben ließ. Er wusste genau was sie meinte. Vor allem mit dem letzten Satz.

Doch Dorian kannte sie gut und wusste um ihre Schlafprobleme. Diese Erschöpfung, diese Verstörtheit am nächsten Morgen, das kannte er aus der Zeit bevor sie im Schlaflabor war und mit der IRT (imagery rehearsal therapy) begonnen hatte. Er fragte sie, wie sie geschlafen habe, ob ihr Besucher wieder da war und was sie erlebt habe. Da er immer ein offenes Ohr für sie hatte und ihr ein gutes Gefühl gab, ließ sie sich darauf ein und erzählte ihm sehr detailliert von ihrem nächtlichen Martyrium.

Dorian hörte aufmerksam zu, sprach lange mit ihr darüber und fand wie immer die richtigen Worte. Am Ende des Gesprächs bedankte er sich bei Mahyla. „Wofür?" fragte diese überrascht. Er schwieg einige Sekunden. „Für Dein Vertrauen.", sagte er schließlich. Darauf folgte ein freundliches Lächeln. Sie lächelte zurück und verließ das Zimmer.

Sofort holte Dorian sein Notizblock heraus. Auf diesem Stand als Überschrift: „Mögliche Durchführung der Abholung". Darunter waren mehrere Stichpunkte angeführt, welche er nun alle mit einem Mal durchstrich. Stattdessen schrieb er die Worte „Magnus' Schlafparalyse". Darauf folgte eine Aufzählung von Dingen, die wie eine Einkaufsliste anmuteten. Untereinander mit vorangestellten Aufzählungszeichen war zu lesen: Muskelrelaxans, Propofol, Ketamin, Morphin, Venflon ect., Aufziehspritze + Kanüle, Kabelbinder, Seil, großes Tuch, Halstuch, Handschuhe, Reinigungsmittel, Handschellen, Mietwagen, Schlüsseldienst, Überwachungssystem. Dann ließ er einige Zeilen Abstand bis er in großer und leserlicher Schrift noch einen Satz hinzufügte. „Ich bin's nur."

Magnus blinzelte. Angestrengt versuchte er die Augen zu öffnen, hatte aber das Gefühl dies gegen einen Wiederstand zu tun. Als es ihm schließlich gelingen mochte, erklärten ihm seine Augen nicht mehr als zuvor im geschlossenen Zustand. Er sah, dass er in einem hässlichen Zimmer war, dem als erstes das Attribut „gelb" zuzuschreiben war (dicht gefolgt von „hässlich"). Ohne Panik zu verspüren überlegte er wo er war, schweifte jedoch ab. Er fragte sich kurz ob er wirklich an einem einsamen aber lauten Strand war, bis völlige Dunkelheit herrschte und Magnus wieder weg war. Wenig später kam er wieder zu sich und seine Augen mussten erneut den gleichen Kampf ausfechten. Als dieser gewonnen war und er wieder dieselbe Ecke des hässlichen gelben Zimmers begutachtete, zog seine Stimme in den Kampf. Er wollte ganze Wörter zu sinnvollen und wichtigen Fragen zusammen reihen, jedoch konnte ihm seine Stimme nur einzelne elende Geräusche gewähren. Kurz nachdem er mit all seiner Kraft diese armseligen Laute ausstoßen konnte, erschrak er. Aus dem Nichts tauchte ein Gesicht auf, das nun über ihm schwebte. Eindringliche Augen starrten direkt in seine, für einen langen und kalten Augenblick. Mit viel Mühe schaffte Magnus es, aus den Tiefen dieser Augen aufzutauchen und das gesamte Gesicht wahrzunehmen. Er war nicht sicher, ob es ihm bekannt war, jedoch wuchs die Sicherheit, dass es ihm nicht wohlgesinnt war. Auf den ersten Blick lag analytische Neutralität in dem Gesichtsausdruck, welche fast schon an Neugier grenzte. Während der gefühlten Ewigkeit, die sie sich anstarrten, blitzte jedoch immer wieder ein gewisser Hass, eine Verachtung und Grausamkeit durch. „Wo bin ich? Was ist passiert? Wer sind Sie?" fragte Magnus, wenngleich die Laute aus seinem Mund diese Fragen nicht einmal erahnen ließen. „Du bist also aufgewacht. Ich höre immer wieder, dass Propofol-Schlaf der beste Schlaf ist. Gern geschehen.", sprach das fremde Gesicht. In der eigentlich beruhigenden Stimme des Fremden lag etwas massiv Beängstigendes. "Hat das Ketamin Dir Alpträume bereitet?", fragte er, als wäre es ein Punkt auf einer Checkliste. Magnus erinnerte sich an keine Alpträume. Er starrte den Fremden verängstigt an. Schließlich schaffte er es, ein Kopfschütteln anzudeuten. „Aha.", sagte der Fremde teilnahmslos. „Keine Sorge, wir flicken Dich schon wieder zusammen". Noch bevor Magnus über die Bedeutung dieser Worte nachdenken konnte, durchfuhr ihn ein stechender Schmerz, welcher sich zu einem Brennen transformierte, der sich an einigen Stellen seines Körpers konzentrierte. „Machen wir doch als Nächstes eines, bei dem Du auch zusehen kannst!", sagte das fremde Gesicht mit einer überspitzten Freundlichkeit, die Magnus einen eiskalten Schauer bescherte. Er spürte wie sein schmerzender Arm in sein Sichtfeld gezogen wurde. Auf seinem Arm war eine hässliche Wunde zu sehen. „Was bedeutet diese Rune nochmal? Wenn mich nicht alles täuscht, ist das die Algiz-Rune, die für Schutz und Verteidigung steht. Fast schon ein bisschen langweilig." Während er das sagte, drückte er unsanft auf die Wunde, was Magnus zusätzlichen Schmerz zufügte, der ihn aufschreien ließ. "Interessanter ist die Odal Rune. Soll die für Heimat und Besitz stehen? Ahnen? Das Konzept von Blut und Boden? Weißt Du wieviel Blut auf dem Boden dieses Landes vergossen wurde?" Das fremde Gesicht wurde lauter und der Druck in die Wunde fester. Der Mann mit den braunen Locken machte eine kurze Sprechpause und mäßigte auch gleich wieder seinen Ton. „Passend zu der Tyr-Rune, die du dir bereits so präpotent tätowieren hast lassen, habe ich dir eine Odal Rune auf dieselbe Stelle auf deinem anderen Bein geritzt, wie Du vielleicht spürst. Dafür habe ich mein stumpfestes Messer benutzt." Sein Mund deutete ein gehässiges, tödliches und genüssliches Grinsen an, welches aber umgehend wieder verschwand. „Die Tyr Rune sollte auch noch nachgeritzt werden. Jetzt, wo Du wach bist, ist doch ein guter Zeitpunkt dafür. Da es ja für mich auch eine Challenge sein sollte, suche ich mir noch etwas, womit es schwerer geht. Dann hast Du auch länger was davon." Das Gesicht verstummte kurz und die eindringlichen Augen fixierten ihn erneut. Schließlich löste sich der Blick des Fremden und beiläufig fuhr er fort: „Mein Favorit ist ja die Hagalaz-Rune. Wo haben wir sie denn? Ach ja hier!" Magnus spürte einen heftigen Stich in seinem rechten Unterbauch, an dem sich der Fremde gerade zu schaffen machte, was aber außerhalb seines Sichtfeldes lag. „Die symbolisiert wohl Hagel und Zerstörung, aber auch notwendige Veränderung und Neuanfänge. Das finde ich äußerst passend. Diesen Hagel und die Zerstörung, die Du so glorifizierst, sollen Dir nun zu Teil werden. Auch der Neuanfang, da diese wundervollen Tätowierungen definitiv nur mein Willkommensgeschenk waren."

Er setzte sich und begann mit akribischer Genauigkeit an der angeblichen Tätowierung zu werken. Was genau er tat, konnte Magnus nicht erkennen. Doch der Schmerz ließ ihn armselige und klägliche Schreie ausstoßen während er in Tränen ausbrach. „Das Morphin, dass den Effekt der Schlafparalyse begünstigen sollte, hat nun längst seine Wirkung verloren, da dir der Schmerz des notwendigen Hagels und der Zerstörung nicht vorenthalten werden soll. Wusstest Du, dass das Morphin nach dem Gott der Träume benannt ist? Morpheus?" der Fremde wartete, doch Magnus konnte nur schluchzen und zittern. „Das solltest Du wissen. Ihr Nazis seid doch jeglicher Mythologie zugetan, solange sie ideologisch missbraucht werden kann. Doch Intelligenz und Bildung sind bei euch Mangelware, also eigentlich nicht verwunderlich, dass Dir dieses Wissen fremd ist." Die Verachtung war nicht zu überhören.

„Du hast da was verwechselt.... bei deiner Idiologie alles durcheinander gebracht!" Diesmal klang der Fremde verzweifelt und vorwurfsvoll. Darauf folgte eine lange und bedeutungsschwangere Pause. „Die großen Dinge in dieser Welt sind die, die uns demütig machen, die uns vor lauter Demut und Erstaunen in die Knie zwingen.", sinnierte er vor sich hin. Magnus hatte keine Ahnung was das bedeuten sollte. Es war ihm auch völlig egal. Er schluchzte und bebte vor Schmerz und vor Angst, wollte sich wehren, schreien, davonlaufen, den schmächtigen Fremden todprügeln und dann das Weite suchen. Doch weder seine Stimme, noch seine Gliedmaßen gehorchen ihm. Er hatte immer noch keine Antworten. Er wusste nicht wo er war, wer der Fremde war und was das alles sollte. Er wusste nur, dass er Todesqualen litt und völlig ausgeliefert war.

„ INTO THE FACE OF EVERY CRIMINAL STRAPPED FIRMLY TO A CHAIR
WE MUST STARE, WE MUST STARE, WE MUST STARE"
— BRIGHT EYES

14.   H OME IS WHERE THE HEART
IS

Zwischen Dämmerzustand und Dissoziation befand sich
Magnus plötzlich wieder auf seinem üblichen Schulweg, wie er
ihn viele Jahre zuvor täglich entlanggelaufen war. Es war Anfang November, der Winter hatte sich sehr plötzlich und mit
voller Heftigkeit vorgestellt. Die feuchte Kälte kroch durch die
Ritzen des alten Hauses und verstärkte das unangenehme
Knarzen, dass dem ohnehin schon ausladenden Haus jedes Po-
tenzial für Heimeligkeit nahm. Im Radio hörte man Lieder, die
einem erklärten, ein Haus sei nicht automatisch ein Zuhause,
ohne die Familie darin. Ohne sie sei es nur ein Haus, mit den
geliebten Menschen würde es zum Zuhause. Magnus wusste
nicht, was diese Lieder bedeuteten. Er wohnte in einem Haus
in dem alle Menschen und Dinge waren, die er hatte. Alles was
er hatte und theoretisch lieben könnte – alle, die eigentlich ihn
lieben sollten, waren jeden Tag in diesem Haus. Dem Sprach-
gebrauch zufolge, war es auch sein „Zuhause". Doch was war
der Unterschied? Es war einfach ein Haus, in dem es kalt war,
in dem leere Alkoholflaschen herumlagen, in dem der Schatten
seiner Mutter herumwanderte und ebenso wie Magnus selbst,
versuchte der Hand seines Vaters auszuweichen. Es war ein
Haus, in dem man sich nicht sicher fühlte. Weder vor seinem
Besitzer, noch vor der Kälte, dem „Außerhalb" oder der Ein-
samkeit. Magnus' Lieblingsteil des Tages waren die letzten

zwei Drittel seines Schulweges. Das erste Drittel teilte er sich noch mit einigen Mitschülern und Mitschülerinnen. Auf diesem Teil des Weges war er noch im ständiger Alarm-Bereitschaft, um auf jegliche plötzliche Mobbingattacken vorbereitet zu sein. Danach fing der schöne Weg an. Er verlief zwar neben einer Straße und hatte keine ästhetischen Großartigkeiten zu bieten, aber er hatte seine Ruhe und auf der einen Seite waren sogar Bäume und einiges Grün. Da sein Vater entweder in der Arbeit war, oder hinter dem Haus trank und ihn somit nicht kommen sah, konnte er seinen täglichen Schulweg bis zum Ende der guten zwei Drittel genießen, bevor er in das „Zuhause" eintrat, indem er sich wieder in ständige Alarmbereitschaft begeben musste.

Dorian wusste, was er zu tun hatte. Aber musste er es alleine tun?

Wovon sprechen die Leute, wenn sie „gut" und „böse" sagen? Was soll schon böse sein? Gibt es das überhaupt? Gut und Böse? Es ist ein nützliches Konzept, da wir gerne in Kategorien, Systemen und Schubladen denken. Genau wie die Moral und die konstruierte und zusammengesponnene Ethik mit ihren einengenden Regeln. Diese Konstrukte ignorieren die Komplexität, die dem echten Leben, der echten Welt zu Grunde liegen. Die Moral und die Regeln der Ethik sind nützlich, um die Starken und Mächtigen in Schach zu halten. Vielleicht ist das ganz hilfreich für eine funktionierende Gesellschaft. Aber was ist mit denen, die sich über all das hinwegsetzen? Mit den „Bösen"? Die müssen adäquat und verhältnismäßig bestraft werden. Und genau hier steht die Moral der Einhaltung ihrer selbst im Wege.

Wie soll man Böses angemessen vergelten, ohne Böses zu tun? Wieso wird es überhaupt als „böse" eingestuft, wenn ich den Menschen genau das gebe, was sie verdienen?

Wie falsch kann „Grausamkeit" schon sein, wenn sie angemessen und berechtigt ist? Wenn sie für die Aufrechterhaltung des Guten sorgt?

„Dorian, wenn du meinst, dass jeder verdient genau das zu erleben, was er anderen angetan hat, dass „Auge um Auge" der richtige Zugang ist, dann bist DU derjenige, der die Komplexität der echten Welt ignoriert!"

„Auge um Auge" mag falsch klingen, aber welche Antwort gibt man auf unaussprechlich grausame Taten? Wenn Grausamkeit die einzige Sprache ist, die sie sprechen - wieso nicht in ihrer Sprache antworten?

„Weil Grausamkeit nicht die Sprache ist, die Du sprichst!"

Ich kann viele Sprachen sprechen.
Wenn Gewalt hilft, Gerechtigkeit herzustellen, dann kann sie auch sinnvoll genutzt werden und für Gutes sorgen. Wenn Gnade und Skrupel dabei helfen, Monster zu schützen, sind das vielleicht die viel „böseren" Konzepte.

„Dorian, du verrennst dich! Du weißt genau, dass der Zweck nicht alle Mittel heiligt!"

Das stimmt wohl... Da hast Du recht. Dass der Zweck alle Mittel heiligt, war wohl auch eine der Grundlagen der Nazigräueltaten. Aber wo sind die Konsequenzen? Angemessene Konsequenzen? Ist es nicht absolut fair und eigentlich das Mindeste, selbst einmal „auszuprobieren", was man jahrelang mit anderen Menschen angestellt hat? Von der eigenen Medizin zu kosten? Hier an Moral und Ethik zu erinnern, lässt jede Chance auf angemessene Konsequenzen verschwinden.

„Dorian, Du weißt, dass Vergeltung meist nicht zur Gerechtigkeit beiträgt, sondern eher den Kreislauf von Gewalt und Unrecht aufrechterhält. Als Du das erste Mal Arendt gelesen hast, bist Du jedem damit auf die Nerven gegangen. Du bist nicht der erste der das glaubt und sich in sowas hineindenkt, aber Du bist zu klug um diesen fadenscheinigen Argumenten für Grausamkeit und gegen Moral zu verfallen!"

Aber schützt die Moral nicht nur die Grausamen? Wenn nur die Moralischen sich daran halten? Wenn der Preis für Grausamkeit zu klein ist, was hält die Grausamen ab? Werden Moral und Ethik hier nicht zweckentfremdet, wenn nicht sogar missbraucht? Wie kann etwas gut sein, das das Böse schützt?

„Es geht nicht darum, das Böse zu schützen, sondern das Gute zu bewahren. Es geht darum, dich und mich davor zu schützen, in einer grausamen Welt zu skrupellosen Monstern zu werden. Es geht darum, dass wir nicht zum Gesamtschmerz beitragen. Es geht darum, die Menschlichkeit zu schützen. Du bist zu klug und zu empathisch um den Weg des geringsten Widerstandes zu gehen, wenn es um Empathie und Menschlichkeit geht. Denn genau das ist es.
Leute, die diese Argumente bringen, denken immer, die Gnädigen und moralischen Menschen seien die Schwachen. Aber das stimmt nicht. Nichts ist einfacher als seiner Wut nachzugeben. Und nichts ist einfacher als wütend auf Menschen zu sein, die etwas Schlimmes getan haben. Die wirkliche Überwindung und Stärke liegt darin, ungeachtet der eigenen Gefühle und Emotionen das Richtige zu tun."

Dorian sah ihr lang und tief in die Augen. Sie meinte alles, was sie sagte. Sie glaubte an den verträumten Blödsinn, den sie da erzählte. Sie war wirklich überzeugt davon, dass auch böse Menschen beschützt werden müssten. Wenn sie so naiv war und so überzeugt davon, konnte sie niemals begreifen was richtig war. Er konnte sie nicht an Board holen, nicht auf sie zählen. Bei dieser Mission zur Annäherung an eine Gerechtigkeit, bei dieser „Wiedergutmachung" war er auf sich allein gestellt.

Er lächelte gütig. „Natürlich Mahyla, Du hast recht. Ich muss dich ja ein bisschen herausfordern. Du bist wirklich ein guter Mensch. Du beweist mir, dass es zumindest das Konstrukt „gut" wirklich geben muss. Ich danke Dir. Sein Lächeln wurde breiter und herzlicher. Die letzten Sätze meinte er womöglich ernst.

Mahyla schenkte ihm ebenfalls ein Lächeln. Es war erschöpft und kraftlos, aber wie immer wunderschön.

Als sie sein Zimmer verließ, war sie ziemlich irritiert. Das ganze Gespräch hatte ihr ein wenig Angst gemacht. Nicht nur der Inhalt dessen, was Dorian da von sich gab. Auch wie intensiv er sich in diese Fragen hinein dachte, wie schnell er sich darin verrannte und wie sehr er versucht hatte, sie von seinen Ansichten zu überzeugen. Ansichten, die der Dorian der ihr vertraut war, niemals gehabt hätte. Dieser Dorian, den sie gerade erlebt hatte, wirkte wie besessen. Den kannte sie nicht. Das liebevolle Lächeln am Ende kam ihr bekannt vor, doch der Rest war ihr fremd.

Sollte sie sich an jemanden wenden? Allerdings war das ein Gespräch unter Freunden, das Dorian offenbar gebraucht hatte. Wäre es nicht ein massiver Vertrauensbruch?

Irgendwas beunruhigte sie daran, doch sie beschloss, es vorerst für sich zu behalten.

16. BUT IT STARTED WITH AN
ALRIGHT SCENE

Trotz all des Hasses, der Aggressionen und des Alkohols, gab es Momente in denen Magnus sich sicher war, dass sein Vater seine Familie liebte. Magnus erinnerte sich, wie er einmal von der Schule heimkam und ein wunderschöner Blumenstrauß in einer umfunktionierten Wasserkaraffe auf dem Tisch stand. Seine Mutter strahlte und erzählte, die habe sie von seinem Vater. In dem Augenblick kam dieser um die Ecke und rief „Da bist du ja endlich! Dann kann's ja los gehen" Dem verwirrten Magnus wurde auf dem Weg zum Auto eröffnet, dass sie heute einen Familienausflug in den Zoo machen würden. Es war ein ausgesprochen schöner Tag und Magnus konnte sich deutlich daran erinnern, mit wieviel Hoffnung er am Abend ins Bett gegangen war. „Papa hat uns gern.", dachte er zufrieden. Wenn die Tage nun so aussahen, dann würde doch noch alles gut werden. Mehr könnte er sich nicht wünschen.

Doch dazu sollte es nicht kommen. Schon am nächsten Tag war alles beim Alten. Erneut dominierten Aggressionen, Hass und Alkohol das kalte ausladende Haus. Waren die Schläge wirklich noch schmerzhafter, oder war es nur der Kontrast zum vorigen Tag? Vielleicht waren sie brutaler, um die Erinnerung an den Ausflug zu eliminieren und die minimale, aufkeimende Hoffnung auf ein liebevolles Familienleben kaputt zu schlagen.

Für diese kleinen fragilen Hoffnungsschimmer hätte es nicht so viel Wucht gebraucht. Vielleicht waren auch nur die Birken gefroren, wegen des kalten Winters. Trotz alledem war Magnus froh um den schönen Tag, den sie gemeinsam als Familie hatten, er würde ihn für immer in seinem Herzen tragen. Allerdings war nach so einem Tag der Fall zurück in die Realität noch tiefer und länger und grausamer.

Der Tag im Zoo war nicht der einzige dieser Art. Immer wieder zeigte Magnus' Vater seiner Familie, dass er sie liebte. Von diesen Augenblicken zehrte Magnus und er hatte den Eindruck, auch seine Mutter würde aus diesen wenigen guten Tagen die Kraft für die zahlreichen schlechten schöpfen. Wenn er einmal das Geld nicht für Alkohol ausgab, sondern für Make-up und Frisörbesuche seiner Frau, fühlte sie sich verwöhnt, beschenkt und geliebt. Dass sie das Schminkzeug nutzte, um die blauen Flecken zu überdecken und die Frisörin die ausgerissenen Haare korrigierte, war das leise Rauschen im Hintergrund, das sie mit der Zeit gelernt hatte, auszublenden. Seit der Kündigung wurden diese „liebevollen" Momente ohnehin immer weniger, bis sie schließlich gänzlich ausblieben und das Rauschen überhand nahm.

An einem Abend kurz nach der Kündigung befand sich ein weiterer Brief auf dem Küchentresen. Es handelte sich um eine Rechnung für die Autoversicherung. Dieser kleine weiße Umschlag war genug, um Magnus' Vater wie einen Tornado durch die Wohnung rasen zu lassen. In seiner Wut zerschlug er sämtliches Geschirr, sowie Bilderrahmen und trat gegen Möbel. Magnus ging in Deckung und dachte völlig geistesabwesend darüber nach, wieviel diese kaputtgeschlagenen Gegenstände wohl kosteten. Während seines Tobsuchtsanfalls brüllte er auch immer wieder aus tiefster Seele die wildesten Hasstiraden in denen er den „Ausländern" die Schuld an seiner Misere zusprach. Und so geistesabwesend Magnus in solchen Situationen auch war – er hörte zu.

Und so formten die hasserfüllten Monologe seines Vaters in Magnus' Gedankenwelt eine verzerrte Sicht auf die Realität. Er war noch sehr jung und alles, was er von seinem Vater lernte, lernte er in Form von Wutausbrüchen und Hasstiraden.

Magnus wusste nicht viel über die genaue Situation seiner Familie, aber er wusste, dass es sich von „schlecht" zu „noch viel schlechter" verändert hatte, weil Menschen, die anscheinend „nicht hierhergehörten", seinem Vater, der sehr wohl „hierhergehörte" den Job wegnahmen. Trotz all des Horrors, der sich bei ihnen zuhause abspielte, war Magnus' Vater immer noch sein Held. Er wollte ihn nicht traurig sehen. Er hasste es, dass es böse Leute gab, die dafür sorgten, dass sein Held manchmal zum Monster wurde und dass sein Vater kein Vater mehr war. Er konnte die Komplexität der Erwachsenenwelt noch nicht verstehen, spürte aber umso mehr die Bitterkeit und den Zorn, die seine Kindheit dominierten. Magnus war ein kleiner alleingelassener Junge, der einfach nur seinen Vater verstehen wollte.

Seit der Kündigung kam es immer öfter dazu, dass sich die gehässigen, grausamen Worte nicht mehr auf „die anderen" beschränkte, sondern sich auch gegen Magnus richteten. „Du bist genauso nutzlos wie ich!", „Wenn du nur halb so gut wärst wie dieser Omar, würden wir hier nicht so sitzen!" Das waren nur zwei prominente Beispiele aus dem kreativen Repertoire seines Vaters. Tief in sich wusste Magnus, dass sein Vater in seiner Verzweiflung und seinem Hass gefangen war. Dass er ein Mann war, der seine Fehler und sein eigenes Versagen nicht ertragen konnte und die Schuld dafür bei anderen suchte.

Doch natürlich war es Magnus lieber, wenn sich der Hass gegen „die anderen" richtete als gegen ihn. Er lerne es zu schätzen, wenn sein Vater gegen „die Ausländer" hetzte, anstatt ihn zu beleidigen und zu demütigen. Die rassistischen Monologe wurden zu positiven Erlebnissen, weil sein Vater somit von ihm abließ und sie darüber sogar Einigkeit finden konnten. Wenn er seine Wut auf „die anderen" konzentrierte, waren Magnus' Mutter und er in Sicherheit, und sein Vater und er sich näher als sonst. „Die Ausländer" wurden zu willkommenen Sündenböcken, durch die Magnus selbst, seine Mutter und das Selbstbild seines Vaters, Schutz fanden.

Magnus erinnerte sich an die trostlosen Tage seiner Kindheit – an das kalte ausladende Haus, die grausamen Worte, die nie enden wollenden Demütigungen und die Brutalität. Irgendwo dazwischen lag der Anfang einer Geschichte, die von Gewalt, Verlust, Hass und Magnus' verzweifeltem Versuch handelte, einen Platz in einer Welt zu finden, die er nie wirklich verstanden hatte.

"AND YOU CAN'T FIGHT THE TEARS THAT AIN'T COMING
OR THE MOMENT OF TRUTH IN YOUR LIES."
– GOO GOO DOLLS

Dorian stand vor dem hohen Gebäude, in dem er nun die nächsten Jahre verbringen würde. Er fühlte nichts. Oder zumindest nichts, was er zuordnen konnte.

Der Richter kam mithilfe verschiedener Gutachter zu dem Urteil, dass lediglich die Wahngedanken und das desorganisierte Erscheinungsbild auf die Veränderungen seines psychischen Zustandes zurück zu führen seien. Die Idee der Blutschuld und deren Bereinigung, die Grausamkeiten und die Entwertung von Moral und Ethik schienen seinem eigenen Geist zu entspringen. Die Gutachter sind sicher, Dorian höre keine Stimmen, die ihm befahlen derartige Handlungen zu setzen. Er habe keine optischen oder akustischen oder sonstige Halluzinationen. Die Ideen rund um seine Eltern seien nicht die seinen, aber die Konsequenzen, die er daraus gezogen hatte, sehr wohl. Einige seiner Fachkollegen sahen diese Folgerungen kritisch, da sie der Meinung waren, alles was er tat, tat er unter Wahrnehmung einer verzerrten Realität. Eine einfache Trennung zwischen seinen Wahrnehmungen und den daraus resultierenden Gedankenkonstrukten sei zu einfach und unrealistisch. Dorian eine unabhängige und freie Entscheidung zuzusprechen, während er sich in einem psychischen Ausnahmezustand und einer verzerrten Realität befand, hielten die meisten seiner Kolleginnen und Kollegen für nicht nachvollziehbar.

Der Richter sah das anders. Dorian hätte mit den Ideen um die Kriegsverbrechen seiner Eltern, anders umgehen müssen. So zumindest seine Meinung und sein Urteil. „Alle unsere Vorfahren standen auf ihrer Seite der Geschichte, was davon ist also in die Gegenwart zu tragen?", hatte er am Ende seiner Urteilsverkündung gefragt. „Es ist dafür Sorge zu tragen, dass sich die Grausamkeiten nicht wiederholen, dass Frieden als höchstes Gut gewahrt und Spaltung abgelehnt wird."
Einem intelligenten und empathischen Mann wie Dorian hätte das klar sein müssen. Er hätte es besser wissen müssen. Er wusste es auch besser, entschied sich aber für die Entwertung von Moral und Ethik und für die Darstellung von Vergebung als Schwäche. Während seiner Studienzeit hatte er kleine Ewigkeiten mit Moral- und Rechtsphilosophie, Kriegsethik und Menschenrechtstheorie verbracht, entschied sich aber als es drauf ankam, für seine ganz eigenen Auslegungen und Ideen. Der Zweck heiligte jedes Mittel für ihn, er kam nur nicht dazu, sie alle anzuwenden. Er legte die Regeln des generationalen Karmas fest und spielte Kläger, Richter und Henker für einen ihm unbekannten 19-Jährigen.

Magnus hatte sich dafür entschieden, eines der dunkelsten und grausamsten Kapitel, die die Geschichtsbücher kennen zu glorifizieren. Es zu verharmlosen, ja sogar zu feiern. Dennoch ist er nicht für die Grausamkeiten die ihm angetan wurden oder an ihm geplant waren verantwortlich zu machen. Wenngleich es einem widerstreben mag, einen Neonazi als „unschuldig" zu bezeichnen, so war er in diesem Fall dennoch das unschuldige Opfer eines Fanatikers.

Dorian empfand kein Selbstmitleid für seine Situation. Er hatte eine Strafe verdient. Seine Eltern hatten der Familie viel Schuld aufgeladen. Doch er wurde aus den falschen Gründen hier eingesperrt. Er hatte es nicht gerne gemacht. Es machte ihm keinen Spaß Leute zu foltern, zu entführen, gefangen zu halten. Es war anstrengend. Eigentlich war er völlig außer Atem. Er hatte nichts davon getan, weil es ihm irgendeine Form der Genugtuung oder Befriedigung gab. Er hatte es aus Pflichtbewusstsein gemacht. Es war das, was nötig war – er tat, was getan werden musste. Der Richter selbst hatte am Ende des Urteilsspruchs gesagt, es sei dafür Sorge zu tragen, dass sich die NS-Verbrechen nicht wiederholen. Dieser Pflicht war Dorian nachgegangen. Außerdem gab es eine Schuld zu begleichen. Als der Richter ihn gefragt hatte, ob er vorhatte, Magnus zu Tode zu foltern, hatte Dorian mit „Ja" geantwortet. Hätte er gefragt, ob er Magnus zu Tode foltern wollte, hätte er mit „nein" geantwortet. Er wollte es nicht. Aber er hatte es vor, weil es notwendig war. Es war keine Frage des Wollens – es war eine Frage der Gerechtigkeit.